AF452322

MÉDAILLES D'HONNEUR

décernées à la Maison FORESTIÉ

POUR IMPRESSIONS TYPOGRAPHIQUES

EXPOSITION UNIVERSELLE

———

SEULE MÉDAILLE DÉCERNÉE

EN IMPRIMERIE

pour tout le Midi de la France

IMPRIMERIE & LIBRAIRIE CENTRALES DES CHEMINS DE FER

(ancienne Maison FORESTIÉ PÈRE & FILS)

Montauban, 9, Place Impériale

CHARLES FORESTIÉ FILS

IMPRIMEUR

IMPRESSIONS EN TOUS GENRES

RÉGLURE

EUG. DELONCLE

LIBRAIRE

Successeur

DE

Forestié Père et Fils

5ᵐᵉ Série

RÊVERIES

POÉTIQUES

D'UN

PAR LARROQUE-RUELLE

de Bio, près Montauban

MONTAUBAN

Imprimerie Centrale des Chemins de Fer

CHARLES FORESTIÉ FILS

Place Impériale

BIBO LAS QUATRE SASOUS

DE CAMPAGNO

L'hibèr, la pus rudo sasou,
Plejos et bents, fortos gelados,
Las terros soubent glacinados,
Sintèn lou frech, n'abèn rasou.

Trigo de beïre lou printens,
Aquelo sasou qu'es tant bèlo,
Besèn flouri la pinparèlo
Que fa pla rejoui las gens.

De boun mati lous pastourèls,
Amaï tabes las pastourèlos,
Que soun soubent de las pus bèlos,
S'en ban per garda lous troupèls.

Maï que maï cantoun de cansous,
Et soubent de cansous noubèlos
Per attira las fillos bèlos,
Ambe lour pus bèl amourous.

Lou bouïè se lèbo mati,
Lous pouls cantoun à soun aoureillo,
L'hiroundello lou derebeillo,
Lou roussignol fa rejoui.

La melsengue canto : Pichous!
Quinze, seize, pichous! pichous!
Dins soun can, à la tourtarèlo
Gnin dis : Tu n'ès pla pus bèlo,
Amaï ne fas pas qu'un ou dous.

Lou pic tournejo lou paguis,
Nous crido qualquecop la plejo,
Que pla soubent disèn : Ennèjo!
Mais surtout quand y reussis.

Lou gaï tabes fa soun lengache,
L'aouriol amaï la biscariolo;
L'afflijat des cans se counsolo,
Des aousels et de lour ramache.

La calle s'amago pel blat,
Canto tabes : pla pla de blat!
La perlic fa courto boulado,
Canto sul pech, fa sa cloucado.

Mais l'aousèl lou pus insoulent
Es lou coucut per fa de peno :
L'home qu'es jalous de sa fenno

Acos lou ran pla malcountent.

L'enten soubent crida : Coucut!
Tournejo touto la campagno,
Mounto sul pèch, sur la mountagno,
Crido : Coucut! coucut! coucut!

Acos caouso cops de bastous,
Dins l'oustal la guerro tarriblo,
Fa beni la fenno sensiblo,
Quand recep giflos et bastous.

Lous fouchaïres, sul pech del Faou,
Cridoun coucut à la poulido,
L'home b'enten, la pax rabido,
L'echo respoun de Bignarnaou.

Critiquen pas lou Creatou,
Tout es creat per sa naturo;
Lou coucut es la creaturo
Que detestan : n'abèn rasou.

Quand sèn al mes d'Abrièl lous albres soun en flou,
Las feillos que d'abord presentou la berdou,
Quand agachan pertout que besèn la berduro,
Pople, reberen dounc la puissento naturo.

Quand sèn al mes de Maï, que flouris lou bouïssou,
Se siguèn lous camis, ne flaïran la sintou;

Dins lous prats ressintèn la bello pimparèlo,
Dins lous jardis de flous cuillissèn l'immourtèlo,
Et nous rejouissèn de beïre tant de fruit,
De tant bèlis dessèrts cadun n'es estourdit.

Arriban à l'Estïou, besèn de bèlis blats,
Creïssoun as èls besens, donoun pla d'esperenço,
Mais surtout quand besèn uno grando aboundenço;
Alabets lous bouïès se besoun relebats.

L'estibandiè pel sol a besoun de calou
Per depiqua lou blat, lou besès en susou;
Quand beï que cado souèr n'a facho sa soulado,
Et que de tens en tens fa pla qualquo lebado,
Lou mèstre pla countent quand remplis sous graniès,
Lou besès pla joyous de sous estibandiès.
Mais d'un cop qu'an finit et reglat l'estibado,
Lour dis, pes rejoui : Fares lèou la paillado!
Aquel joun, ba sabès, bous cal pla ribouta,
Mais toutis, dessegur, suchèts de bous banda;
Per bousaous es poulit, countas de faribolos,
Bous tournas recita lous trins, las farandolos;
Toutis oublidares las penos, lous soucis,
De bous beïre pla fiers, aco me rejouis!

L'Aoutouno ben aprèp, d'abord cal bendemia,
S'abèn pla de rasins acos nous fa blagua.
De fruits dins la sasou quand n'abèn l'aboundenço,

Nous dono pla de goust per abe la despenço ;
Lou bouiè pla countent quand fa pla soun labour,
Lou besès que curbis, mais aprèp fa sejour ;
Et quand beï qu'a finit de toutos sas curbidos,
Prègo lou Dious del Cèl per fa sas reussidos.

De tens en tens al chaï s'en ba gousta lou bi,
Beou qualquis bounis cops : acos lou fa joui ;
Quand beï soun pouchounet, al repaïs, sur la taoulo,
Acos lou met d'imou, d'abord pren la paraoulo ;
Quand beï sa perbesiou, se b'a tout emplenat,
Barriquos, barricots, aquel joun qu'a coulat,
Imbito sous amits per lour fa fa riboto,
Et danso dansaras, coumo fan à la boto !

BIBO L'ESPERENÇO

Lou grand destin nous a traçat,
Per sègre lou cours de la bido,
Lou sabent l'a trop lèou finido,
D'abord se beï desespèrat.

Lou bièl regretto lou passat ;

Bouldrio touchoun soun esperenço,
Countro la mort crido benjenço,
Cado joun se beï menaçat.

Grands remors, tarrible regrèt
Pel que mor dins l'intelligenço !
Lou regrèt es uno souffrenço
Pel qu'a fourmat un grand proujet.

Lou Cèl bol pas tout accourda,
Lou proujet touchoun nous espiro,
L'on n'a pas tout ço qu'on desiro,
Hélas ! s'en cal be counsoula !

L'espouèr jamaï nou counfoundra
L'ambitiou qu'es pla mesurado,
Sabèn qu'es touchoun critiquado,
Mais cal touchoun persebera.

Sans lou proujèt, plus de prougrè !
Se bibian dins l'insoucienço,
Tournaïan lèou dins l'ignourenço,
Pus tard nous troubaïan darrè !

Chrestias, lou Cèl bol esprouba ;
Dins lou malhur l'on se desolo,
La resignatiou nous counsolo !
Cesses pas jamaï d'espera.

Job, que fourèq tant esproubat,
De sous amits desespèrabo,
Al grand Dious touchoun espèrabo,
Mais à soun sort s'es resignat.

Lou sabent a besoun d'espouèr
Quand manjo de fun de candèlo;
Sa bido saïo trop cruèlo
Se n'abio pas un boun espouèr.

L'abeni pousso l'artisant,
Al litteratou sa scienço;
Al grand esprit cal d'esperenço!
Lou grand espouèr es pel talant.

Lou sarjant, dins lou regiment,
Espèro d'aoumenta sa plaço,
Per abe sa pus forto masso;
Bouldrio d'haounou per maï d'argent.

Lous oufficiès, lous marechals,
Gagnou la croux dins las bataillos;
L'espouèr lous tend dins las mitraillos,
Jusquos que soun grands generals.

L'aoutre qu'es dins l'humilitat,
Qu'espèro touchoun la courouno,
L'espouèr raroment l'abandouno,
Jusquos que se beï courounat.

Lou gran proujèt nous rejouis,
En Dious ajen la counfienço !
La Fouè, Caritat, Esperenço,
Nous gagnaran lou Paradis !

BIBO LOUS AMATOUS DE COUMEDIO

lous qu'escoutoun pla l'Art de Pouèsio

Messius, souï daban lou Public,
Pensas que manqui de sapienço ;
Souï estacat dins l'ignourenço,
Eï paouc de talant et d'esprit.

Raroment un cultibatou
Persièq pas la litteraturo,
Fa soun mestiè dins la culturo,
Amaï trobi qu'a pla rasou.

Lous bilajois soun pus lettrats,
Legissoun las caousos curiousos,
Persiègoun las que soun seriousos,
Soun al courren des imprimats.

Tant de Messius litteratous
Counprenoun tout en coumedïos,
Lous dramos et las tragedïos,
Que la plupart saïou d'actous.

De sabents, besès, manquoun pas,
Mais reclami lour indulgenço,
Acos me dono d'esperenço,
Et me fa pla mens d'embarras.

Coumposi la simplicitat
Ambe boun sens, ambe prudenço ;
Acos ma pichouno sapienço
Et ma pus bèlo libertat.

Remarquares, grandis sabents,
Jamaï rimailli de critiquo,
Aïmi la louanjo publiquo,
Aco's moun pus bèl passotens.

Jouissi quand faou las haounous
Des grandis caps, à ma presenço,
Qu'an escoutat ambe patienço
Dirè : Bibo lous amatous !

LOU PARADIS D'EDEN

Dious abio fach un Paradis,
Adam n'abio la jouïssenço,
Boulio que per soun existenço
Del bel jardi se rejouis.

Adam, Èbo, fan lou pecat,
Perdoun d'abord lour innoucenço,
N'abioun pas prou de couneïsssenço
Del malhur que nous an caousat.

Dempeï, touchoun pla tracassats,
La mort que touchoun nous menaço,
Bibèn cadun à nostro plaço;
Lous uns soun pla maï relebats.

Disèn pas plus jardi d'Eden,
Mais abèn de richos plasenços
Que fan dè bèlos jouïssenços;
De Paradis tapla n'abèn.

De mounuments et de castèls,
De grandis bes d'agriculturo
Que fan embelli la naturo,
Surtout quand lous blats soun tant bèls.

Bèlis jardis en quantitat,
Ne besès fachis à l'angleso,
D'aoutris à la modo franceso;
Besèn tout acos pla rengat.

Quand l'oupulent se rejouis,
Qu'es countent de soun oupulenço,
Quand brillo dins sa jouissenço,
Lou tresor fa soun Paradis.

Pertout abèn de Paradis!
Lou cal cerca dou lan se trobo;
Calquecop sara per l'esprobo
Que l'abeni bous rejouis.

Lou suchèt que bous reunis,
Grandis caps en litteraturo,
Reberen la sajo naturo,
Car aïsos es un Paradis.

LA CREATIOU

DE L'HOME ET DE LA FENNO

Quand Dious bechèq l'Home fourmat,
Coummandèq lèou à la naturo

De fourma d'aoutro creaturo,
Que la metès à soun coustat.

Quand on reflechis lou boule
Dirijat per la Proubidenço,
L'Home recep l'intelligenço,
Doumino sur tout en poude.

L'intelligent fa soun debe,
Bol perfectiouna l'industrïo,
Dirijo tout en harmounïo,
Mais a besoun d'un grand sabe.

Tantis d'aoutous qu'an eubentat
De caousos que nous soun utillos,
Tant que paressoun difficillos,
Pus tard n'abèn d'executat.

L'Home que couneïs soun bounhur,
Que sap admira sa largesso,
Quand biou dins la grando sagesso,
Nou tremblo pas dins lou malhur.

La Fenno nous fa pla besoun,
Dins un oustal, per soun adresso;
Quand dirijo tout sans paresso,
Lou Public gnin fa soun renoun.

Lou mariache qu'es permes,

Qu'un grand bounhur quand l'allienço
Prouduis uno grand' esperenço
De pla bioure dins lous plases!

Et tu, fil de pousteritat,
Respectaras, de ta sagesso,
Tous parents quand soun en bieillesso,
Car ne saras felicitat.

Quand la fillo pren sous bingt ans,
Qu'es poulido coumo la roso,
Dins lous bals d'abord se prouposo
D'attira lous poulits galants.

Oh! qu'un plase quand fan la cour
Per fa rejoui la junesso!
Del soubeni, dins la biellesso,
Planis disèn : Bibo l'amour!

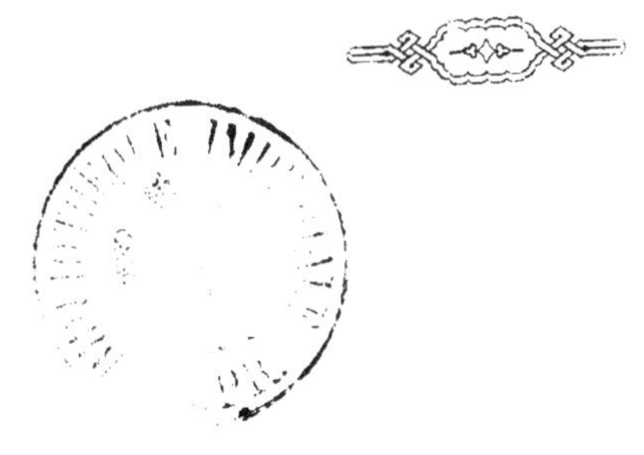